完美生活

东方茉行 ◎ 著

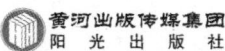

图书在版编目（CIP）数据

完美生活／东方茉行著． — 银川：阳光出版社，2016.9
ISBN 978-7-5525-2989-0

Ⅰ.①完… Ⅱ.①东… Ⅲ.①诗集—中国—当代 Ⅳ.①I227

中国版本图书馆 CIP 数据核字（2016）第 221493 号

完美生活　　　　　　　　　　　　　东方茉行　著

责任编辑	申　佳
封面设计	圣立文化
责任印制	岳建宁

黄河出版传媒集团
阳 光 出 版 社　出版发行

出 版 人	王杨宝
地　　址	宁夏银川市北京东路 139 号出版大厦（750001）
网　　址	http://www.yrpubm.com
网上书店	http://www.hh-book.com
电子信箱	yangguang@yrpubm.com
邮购电话	0951-5014139
经　　销	全国新华书店
印刷装订	四川西南彩色印务有限公司
印刷委托书号	（宁）0002445

开　　本	880mm×1230mm　　1/32
印　　张	5
字　　数	100 千字
版　　次	2016 年 9 月第 1 版
印　　次	2016 年 9 月第 1 次印刷
书　　号	ISBN 978-7-5525-2989-0/I·869
定　　价	35.00 元

版权所有　侵权必究

名家题词

  在秋旻的诗歌里，我看到一种青春的纯真与对文学的孜孜以求，也看到略显稚嫩而备感真实的少年愁思，我也仿佛看到十几年前的自己。秋旻的作品充满了黑夜中星辰般的灵气，又像一只飞向朝霞快乐的鸽子。诗歌是当今最不赚钱的文学创作模式，也是最高贵的艺术创作方式之一。诗歌对文笔的凝练、简洁、想象力都有极好的培养和熏陶。我期待秋旻的文字更加成熟，更加质朴。祝秋旻百炼成钢，一鸣惊人！

——莫 争

序

谈秋旻[①]及其诗歌

夏　寒

诗在哪里？它常常是在《孤独岁月》里生根发芽，有时候是在《时光漫步》中开花结果，抑或在且歌且行的《此时此刻》迸发出灵感，在清新隽永的《崭新世界》里，在诗意盎然的《完美生活》里……

完美的生活，对于诗人而言，或许不是在柴米油盐酱醋茶里，它一定是在诗歌的字里行间。只有在诗歌的字里行间，才能在并不十分完美的生活中寻找到完美，当然这不过是寻求完美的一种方式而已。

我见过秋旻两次，第一次是在2015年8月的内蒙古草原笔会上，第二次是在西安。他是一个比较沉稳的九零后诗人，性格比较内敛。通过两次见面，我对他有了一些了解，我发现他几乎很少说话。他的诗歌我也曾在草原笔会上看过。他的诗比较清新、隽永，若清泉流淌，在汩汩流淌的清泉中流淌着诗意，使人感到自然而朴实，如《两仪》："而于我，想你/是一件很幸福的事/幸福得有些难过。"

秋旻在开头就营造出了诗歌的美好意境。他说"当紫丁香遇上红玫瑰/满天星就显得多余"，这时候出现的

[①] 徐秋旻，笔名东方茱荇。

"满天星",似乎是很苍白的第三者。接下来他富有哲理和思想的语言不断迸发,"爱与痛都是绕着生命旋转的两极",最后结束时"而于我,想你/是一件很幸福的事/幸福得有些难过"也令人回味无穷。诗歌,就应该让人值得品味,否则,将会失去诗歌的味道。

优秀的诗人,不论写哪种题材,都应该是出色的,也会被大众接受。古往今来这种例子太多了。李绅的《悯农诗》:"谁知盘中餐,粒粒皆辛苦。"千百年来在劳动人民的生活中已成为座右铭式的警句。而这首诗仅是大众语言的提炼,与每天的生活都相关,是古诗却与新诗无异,易读易懂,老少妇孺都能上口,这就是好诗。

好的诗句,有时就是"每一次噙泪的朝拜中/你冰冷的眼神/都成了我心中那一段最沉痛的经文",但有时就像《碎了》里所表现的质朴而直白的诗情:"小学时,有人问我梦想是什么/我说要当宇航员,去太空/但我身体差,胆小、怕死/这个梦,碎了……"

这首诗,在秋旻的诗歌里还是比较特别的。读过这样的诗句,我想起艾青在《诗论》中有这样精辟的论述:"假如是诗,无论用什么形式写出来都是诗;假如不是诗,无论用什么形式写出来都不是诗。"同样的道理,写什么题材也是一样的。

细心品读秋旻的诗歌,他的许多语言都是鲜活的,灵动的。就如他在《落叶》中写道:"叶子飘呀飘/它确实转晕了/然后就在土地里长眠了//我等呀等/我确实等累了/然后就在老树下睡着了。"这样的语言,虽然谈不上新奇,但是让人读来有浓浓的诗意。

《遇》这首诗好就好在作者表达了"相遇"在"荒凉的季节/我们的温度抵御了寒冬",无疑,这种相遇是美好的，也是火热的，要不然怎么会抵御寒冬呢？

著名诗歌理论家、诗人阿红说"无趣不成艺术"。也就是说，诗，应该有诗趣，而这种诗趣，往往是综合的，比如选材，角度，用词酌句，营造情境、意境，静与动的有机结合，使用修辞手法等，都很重要。

这首诗是富有情趣和诗情画意的。在创作诗歌时，我们总是强调形象思维，而很少注重逻辑思维，这是不对的。使用严密的逻辑思维创作的诗歌读后会使人产生一种比较清晰的画面。没有一定的逻辑思维，就会使字词句混乱、重复颠倒，写不出该写的意境。创作中，诗歌最主要的主题思想、精神应归纳为"形象解悟的灵度，情感体验的深度，美感激活的强度，文化涵养的广度，诗意表达的力度"。

从秋旻的诗歌中，我们不难发现，他有些诗歌具备了上述的一点或几点。有时候，不同的作品具备上述中不同的特征，这也是正常的现象。朱自清说："在艺术上，短诗重暗示、重弹性的表现，叫人读了仿佛有许多影像欲出的样子。"我觉得秋旻在部分作品中还是做到了这一点的。

在如此的生活中，生活是诗意的生活，在诗意的生活中，体验和感受生活当然是非常有意义和价值的。愿秋旻在今后的生活中创作更多的佳作，给社会和后世留下更有价值的精神财富。

歌德说："世界是那样广阔丰富，生活是那样丰富多彩，你不会缺乏作诗的动因。但写出来的必须是应景即兴的诗，也就是说，现实生活必须既提供诗的机缘，又提供诗的材料。一个特殊具体的情境通过诗人的处理，就变成带有普遍性和诗的东西。"

诗歌，作为一种精神产物，数千年来，经过一代又一代地流传，佳作不断，这不仅仅是一种文化的传承，同时也是一种精神的传承。这种精神的传承，需要一大批如秋旻这样有追求的人才会实现。这种文化、精神的传承，绝不是少数的几个专业的诗人可以完成的，它需要有一大批爱好者、拥护者、支持者和探索者，而秋旻就是一个特别虔诚的爱好者和探索者。在这本集子中，有些诗歌虽然还尚需锤炼，但随着秋旻年龄的增长、阅历的不断增加和知识的不断丰富，相信他的创作会越来越好。在此，愿他在诗歌创作的道路上健康、茁壮地成长！

是为序。

2016年6月端午节于草原

（夏寒，网名草原夏寒，著名散文诗作家、诗人。系中国散文诗作家协会执行主席、《文学新视界》期刊主编、散文诗年度选本《中国散文诗》主编、中国网络散文诗大赛终审评委）

目录 | Contents

孤独岁月

孤独岁月 / 003
有时候 / 004
两仪 / 006
博隅白玛 / 007
楼兰 / 008
碎了 / 010
逃 / 012
那轮野生的明月 / 013
诗 / 015
诗人 / 016
读 / 017
写 / 018
无法触摸的新年 / 019
修行 / 020
孤独 / 021
迷失 / 022
参禅 / 023
你给我的光 / 024
2016 跨年夜的朝天门码头 / 025
重庆，不眠夜 / 026

时光漫步

时光 / 029
漫步 / 030

曾经的你 / 031
如果有你在 / 032
梦中的婚礼 / 034
两条路上的人 / 035
呐喊 / 036
好久不见 / 037
眼里 / 038
寻 / 039
过 / 040
生与死 / 041
规则 / 042
宿命 / 043
梦 / 044
预言 / 045
至深 / 046
如果 / 047
许久 / 048
随想 / 049

此时此刻

此时此刻 / 053
加州公路 / 055
临窗 / 056
故乡 / 058
长安的高烟囱 / 060
不小心 / 061
幸运信 / 062
三生 / 063
入定 / 065
山楂树之恋 / 067
一本正经地胡说八

道 / 068

遇 / 069

冥思 / 071

青鸟 / 073

简与繁 / 074

赌局 / 075

春 / 076

夏 / 077

秋 / 078

冬 / 079

崭新世界

崭新世界 / 083

脸谱 / 084

你和我 / 085

成长 / 086

虞美人 / 087

撒哈拉之夜 / 088

从零开始 / 089

雨伞 / 090

种花 / 091

胡思乱想 / 092

阑珊 / 093

一见粽情 / 094

兵马俑 / 095

彼岸花 / 096

流年 / 097

禅悟 / 098

祭奠 / 099

独酌 / 100

菩提 / 101

神笔 / 102

完美生活

完美生活 / 105
当我老了 / 107
生活 / 109
愿爱无忧 / 110
未来，没有束缚 / 111
琴魔 / 112
棋魂 / 113
书仙 / 114
画妖 / 115
一只孔雀 / 116
秋思 / 117
落叶 / 118
生存 / 119
三春湖畔 / 120
会不会去丽江 / 121
一个女孩子 / 122
达里湖 / 123
祭品 / 124
波罗的海 / 125
心中的日月 / 126

附录
追寻"完美生活" / 128
青春里与众不同的"二维四度" / 133
诗的自由和自由的诗 / 138
后记
荒诞与完美 / 145

孤独岁月

孤独岁月

当我已深深爱过
当我能轻轻放下

走过高山流水
沉浸瑰丽之江

行囊也只剩下
空空的酒杯
皮囊也只剩下
蒙眬的醉眼

我戒不掉宿醉的瘾
也改不了没你的命
我看透了忽冷忽热
也习惯了渐行渐远

有时候

有时候
看着窗外
美好的时光流淌了

有时候
站在人来人往的街头
不知道自己该去何方

有时候
静静地翻着一本书
翻着翻着就凝噎了

有时候
默默地听着一首歌
听着听着就流泪了

更多的有时候
我蒙上双眼
试图将你忘记

却发现
无尽的黑暗中
你的脸庞是我唯一的光明

不记得是什么时候了
我看着镜子里恍惚的忧伤
听到生命慢慢破碎的乐章

真的只是有时候
有时候想想
我也只是想想罢了

孤独岁月

两 仪

当紫丁香遇上红玫瑰
满天星就显得多余

人生的幸福,很多时候
只能由深痛巨创来换取
爱与痛都是绕着生命旋转的两极
就好像没有撒旦
也就没有上帝

而于我,想你
是一件很幸福的事
幸福得有些难过

博隅白玛

你是幽隐的莲花
我是沉默的苍穹

逐风而来
任你流连
伴我皈依

我穿山越岭
孤独的路没有尽头

向着远方拔足
那是梦中的净土
那是心中的圣地

每一次噙泪的朝拜中
你冰冷的眼神
都成了我心中那一段最沉痛的经文

楼　兰

楼兰高处升起的骄阳
流动的时间与风沙
如果那天的雨停了
我们一定只会擦肩而过

想与你，一直一起
看同一片未来
就会邂逅不同的命运

想用同样的心情
看同一个天空
也十分相似
像很早就认识

想与你，在同一个地方
凝视同一片星空
被绑的红线，重叠的命运

温柔的你
迷惘的我

在你描绘的未来
有我的存在吗?

愿时光与你如初
愿我们相见之时星光闪烁
愿我们重逢那天还能互道早安

孤独岁月

碎 了

小学时,有人问我梦想是什么
我说我要当宇航员,去太空
但是我身体差,胆小,怕死
这个梦,碎了

初中时,有人问我梦想是什么
我说我要踢足球,一脚进入世界杯
但是我冲动,犯错
这个梦,碎了

高中时,有人问我梦想是什么
我说我要当作家,写尽人间传奇
但是我写来写去,都是自己的故事
这个梦,也碎了

大学时,有人问我梦想是什么
我说我没梦想,我想谈一场恋爱
但是我懵懂迷惘,不知深浅
这个梦,还会继续吗

于是,我扬言走遍世界
饮一身风花雪月,看尽凡尘俗世
但是行路艰难,背负创伤
如今也已四海为家

突然,我想喝一盏清茶
行至松林翠湖处,听繁花散落时
于梦归处,勿失心安
但是
我碎了

孤独岁月

逃

我逃过了难产
我逃过了暗箭
我逃过了疾驰的车轮
我逃过了风雨的黄昏
我逃过了非典,逃过了汶川地震,逃过了
世界末日

可我知道,我终究
逃不过黑白无常
逃不过牛头马面
逃不过判官的生死簿、阎王的森罗殿

我们每天都在死去
却不敢好好地活着
像一具傀儡,被命运把玩得
死去
活来

那轮野生的明月

流星跌落湖底
蝴蝶浪里寻花
长夜漫漫,唯剑做伴

我静坐在草原的小山头
问着身旁的风,孤独的风
天涯远不远?
你就身在天涯,远在何方?

呵,我苦涩地一笑,望着寂寥的夜空
一轮明月呆呆地挂在星布上
广寒宫中,何来吴刚伐桂?
他斧头挥过的方向,叫孤独
何来玉兔捣药?
石槌碾碎的,无非是满地的寂寞

傅之一笑,红雪落尽明月心
明月无心,心即明月负红雪
口吐璇玑,道破世间万象森罗
对酌无影,笑含杯中日月乾坤

远远望去，草原的尽头似乎有个迷浊身影
深深凝视，那里是氏惆堆积而成的
我匆忙扔下手中笨重的剑
清风拂柳追了过去

一路之上，穹顶之下
仿佛除了那个背影，一切都是野生的
青草是野生的，乌鸦是野生的
就连明月也是野生的

而对于我
放下的，不过是
流星，蝴蝶，剑
拾起的，那才叫
天涯，明月，刀

诗

诗人自己跟自己说话
旁人无意中听到了
觉得走心,这就是诗

孤独岁月

诗人

我终成了诗人
你自然成了
我的,诗中人

读

以前读诗
只觉词美如画
不懂情深

如今自己写诗
只知情深入骨
不懂用词

孤独岁月

写

我想写诗,写雨
写夜寂静的故事
写你,写不出

无法触摸的新年

新年将至,把旧年的传说都放入牢笼
再把一些东西放在手心里,刺骨

我喜欢在别人的爱恋里布局文字
这样的篇章爱恨自控
爱到疼处,可以
恨到淋漓

孤独岁月

修 行

枕头里藏满了发了霉的梦
梦里住满了无法拥有的人
是我红尘太薄
是我修行太浅

孤 独

青春的岁月
我们身不由己
不知青春底蕴就是孤独
抑或孤独弥漫整个青春
走吧,孤独的岁月
星光不再问路人

迷 失

我站在轻轨上
面朝着车窗
窗外飞逝的景象
是消失的时间
回不去的昨天

参　禅

在花落之前
我早已把一盏茶喝到无味
尽管经卷里写着三世的轮回
可我，还是无法参透宿命的玄机

你给我的光

在最黑暗低沉的时候
你挽起我手臂的温暖
如同闪耀的星光
自此,我以为你是
那漫天星辰中
属于我的那一颗
却一不小心
你就如流星般陨落
让我跌入万丈深渊
寒冷刺骨

2016 跨年夜的朝天门码头

浪荡

孤独岁月

重庆,不眠夜

寂静的深夜
风雨交织,窗外低吟
黄粱梦醒,往事如走马灯般
一幕幕浮过眼前
辗转反侧,难以入眠
苍穹掠影,似雾似梦似现实
一桩桩无法分辨

时光漫步

时　光

岁月的轮廓折叠起来
就会沉甸甸地
坠在心底

似是不为人知的秘密
都暗自消解了过往

时光就像一瓢水
照出旧日的容颜

我们都在不断重复的时光里
度过青春的绚烂与苍白

漫 步

流光飞舞
消逝的背影如同美丽的风景
而心里早已是一片荒凉

我是谁，谁又是谁的谁
只要落入尘世间
都不过是光阴下的一粒尘埃

那时光
那爱情
渐行渐远

留在心底，淡淡的思念
如轻风一阵
吹过你故时的容颜

曾经的你

年少轻狂是一场伤痛
谁在那个不知名的角落
弹唱那一曲《曾经的你》
一丝一弦地叩击在我的心上

在这个薄雾微凉的晚上
在街头看着来往的人群
看到似曾相识的背影会莫名地张望

而一转身
看到的侧脸却是陌生的模样
风卷起了我的头发
凌乱着模糊的视线

突然间,很怀念
以至于看到了寒夜纷飞的落叶
在风花雪月中掩埋
眼角莫名的泛酸
遇风则化

如果有你在

你低垂着背脊
我怀着祈祷的心
一直关注着

如果这个世界上
能有一把伞
遮住淋湿的心

黑夜过后一定会有黎明
凡间也没有下不停的雨
将那些烦恼,向我倾诉吧

如果我是月亮
你一定是太阳
有你我才能发光

你默默地吻了我一下
在不知名的街道上
我傻笑了一整晚

如果有你在身边
我就能做回我自己
不管纷纷扰扰季节变换

你都在我的身边
凭着感觉去选择的梦想
那我将会为你写下明天

时光漫步

梦中的婚礼

我差点就抱紧了她
然后呢
我醒了

我还是输给了现实
也真的只能在一个名字里
思念她

两条路上的人

如果你非要离开
那我就当你死了
盛夏的天空光芒聚成一束

你看,你看
我竟然忘记为你而哭
失去了想守护的东西
我问自己,还有什么可在乎的
没有,已经没有了

突然明白眼泪换不来什么
正如你已死去,再怎么回忆
与你走过的路,也只是徒增悲伤

忽然想起你离开那日的背影
你对我挥手,微笑说再见
那并不是再见,是诀别

呐 喊

独自走在荒芜的
塔克拉玛干大沙漠中

生命,存在
就已是对自然的一次呐喊

戈壁滩风中的流沙
印证着文明留下的残垣断壁

行走在黄沙漫漫中
在有和无之间的往来
触动我可有可无的灵魂

好久不见

看故人渐行渐远
唱一首苍凉的歌
而我心头的温柔
只为你一人守候

只可惜，夏花匆匆的绚烂
一转眼，凛冬回忆抽丝成茧
掩埋了那张娇艳的容颜
而我还在痴痴地盼

倘若，多年之后
我们在同一个路口出现
或许我们都会涩涩地说声
好久不见

眼　里

黑暗中的眼角总夹杂着泪水
那是因为离我远去的你
留下了我人生中最伤感的回忆
你的城府总是被月光俯照
而我的眼里永远只有伤感的你

寻

走过的风景都成了天涯
沧桑如白雪落在舞动的头发上
从此寂寞随风纷飞轻摇着蝴蝶花
我闭眼打坐在山顶磐石不愿再说话

过

我穿过风暴
听过哀歌
喝过烈酒
唯独没爱过你

《完美生活》

生与死

你要生,我陪你地久天长
你要死,我陪你万劫不复
因为理所当然
所以心甘情愿

规　则

每当无能为力的时候
我们就爱说顺其自然
不管是留下的或带走的
我们都应心感释怀

宿 命

每一段记忆

都有一个密码

只要时间、地点、人物组合正确

无论尘封多久

那人那景都将在遗忘中重新拾起

你也许会说

不是都过去了吗

其实过去的只是时间

你依然逃不出

想起了就微笑或悲伤的宿命

那种宿命本叫

无能为力

梦

其实就是做了一个梦
而现在梦醒了
舍不得梦里的这一切
然而，生活总是要继续
我觉得这个世界上肯定有另一个我
做着我不敢做的事
过着我想过的生活
而有一天我一定会在这个城市遇到这个我
走到窗户旁拉开窗帘
看到太阳照常从东边升起

预 言

那一天,你问我,我有什么
我说,我有酒吧,你跟着我走了
后来,酒吧倒闭,荒无人烟
你问我还有什么
我说我还有故事和酒
后来,故事尽了,也再无酒
他来了,他有钱,你跟他走了
可你忘了问我还有什么
我有戒指等着戴在你手
但我怕你永远不回头

至 深

你说一别两宽,各生欢喜
我想不忘初心,方得始终
我又继续了一个人的旅行
破掉的行囊里,是想寄给你的信
一路写下了一些故事
那时候想起的是你

如 果

我想有一个冬天
能和你偶遇
在某个不知名的小酒馆
喝些大麦糖浆取暖
但愿你能从千里外赶来
饮这身风雪
这世间的人情稀薄与淡漠
如果我还在
仍会与你共看
这一片天地
一如当年

许　久

风起了
你已了却夙愿
而我的墓旁
已是草木茂密
许久后
月光洒落在我的白骨上

随　想

那年的一朵梅花
已不知遗落在谁的墙下
被时间冲淡，又随命运飘散
窗外大雪依旧
我多想看到你
可惜山南水北
人来人往

此时此刻

此时此刻

呢喃的记忆里
总有一个人
能尘封在脑子最深处

无论时间过了多久
还是它落了多少尘土
当再次翻阅的时候
落下的灰
总能迷了你的眼睛

至尊宝心灵深处
留有紫霞的那滴泪
五百年前的约定
只为月光下穿越时空的相守
而我留在你心中的那一滴眼泪
我想你永远都不会再看到

无论人生的道路
是风光,还是落寞
我们都不应叹息岁月的蹉跎

去迟疑本该得到的结果

此时没有如果
此刻也没有假如
一路走来
几许欢笑几丝悲哀
都伴着风吹叶落
淡入尘埃

这首简单的诗歌
只是希望自己不要
忘了那个年纪里的曾经

加州公路

形如枯槁,嘴角刚好的弧度
晚霞寂照,你我熟悉的陌路

时光消磨的机车
在漆黑荒凉的公路上
渐行渐远

这里不是,不是地狱,也不是天堂
这里没有,没有布道钟声,也没有加州旅馆
这里不是,不是如此可爱的地方
这里没有,也没有你

微微闪烁的灯光
寻找过夜的地方
我饮着孤独烈酒
听着故事与风

临　窗

她在讲台上低吟着
定态的薛定谔
我像个跳动的自由粒子
左右摇摆，按捺不住

临窗而坐
听风在耳边的轻语
看云在天空的漫步
心如止水

泛不起一丝波澜
静到极点
拂去了烦躁与不安

临窗而神清
像那只薛定谔的猫
在一个慵懒的午后
倚窗而睡，躺在风的怀里

喜欢，一个人，临窗独坐

只是喜欢,说不出缘由
在纷飞的烟火里
固守着自己的初心

风在轻语
云在漫步
唯我走神
静观众生

此时此刻

故 乡

台灯的铜柱昏黄，还闪烁着暗光
围着老旧圆桌的，是熟悉的模样
这样一群大学子，依靠在沙发上

幽暗的酒吧，伴着大麦糖浆
深情的歌喉，唱出一滴忧伤
静美的重师，是我的乌托邦

当学生什么都懂时
时光确实流逝远去
而自己的青春
也已难觅踪迹

在机场，在车站
在满街的人流中
我常常在想
是谁，和我一样
为了求学梦，来到这里
又是谁，和我一样
行程所迫，即将各奔远方

在异乡细雨的秋夜里
当一曲《送别》
由那键盘倾泻而出时
迷迷恍惚中
我们似乎已经面临
别离远去的星光

在这学海末年
有人出发
有人回家
走吧
走吧

此时此刻

长安的高烟囱

出租车在机场高速疾驰
窗外的风景,一闪而过
此刻的我也是无心念它

只有,只有一只
一只高耸入云的烟囱
它有生命,它在呼吸

一起一伏,如同老人的烟斗
一抹白雾迸出
毫不留情地与白云相接

时间比疾驰的出租车更快
生活如疾驰的出租车一般
我无心念景,却只凝望烟囱
已将它当作匆匆人生的道标

我不能碌碌无为
否则死了,只会变成雾霾
让所有人,不愿去念去闻

不小心

只是一个不小心
往罗布泊偷偷撒了尿
漫天黄沙便滚滚袭来

只是一个不小心
炎炎夏日在空调中度过
便让我们四季都暴露在太阳风暴下

只是一个不小心
忘了废气的排放也需要节制
便让我们的蓝天从此布满雾霾

起初,我们确实不小心
然后,我们可能不小心
如今,我们真的不小心?

我不埋怨,也不怪谁
只怪我们自己不小心
可是,还有多少不小心
让我们变得如此
小心

幸运信

不管你是否迷信
这都只是一封幸运信

熟记自己喜欢的诗歌
不要在意别人的期许太多

欣然接受岁月的改变
但不要摒弃个人的信念

爱是一种美德
不是一个天平
多一点也好
少一点也罢

人生最终的结局都一样
虚怀若谷，也要大智若愚

当你用心去听
就会听见神说

如果你全心全意地相信
好事就会发生

三 生

前生,你在我的牵绊里

乱世金戈起
神州铁马急
等我归来的你
容颜娇艳
而我
却不能再同你朝夕

今生,你在我的眼眸里

令人遐想的午后
转身的街角
突然,遇见你
那双眸,温柔如水
而我
如同冥冥之中等你

来生,你在我的轮回里

你是凤凰，我是蛟龙
是月老的红线搭桥
你是大海，我是沙滩
是宿命的彼岸等待
你是聂小倩，我是宁采臣
是轮回的生生不息

完美生活

入 定

我独坐在须弥山巅
将那尘世万丈浮云
一眼望穿

我末于跋山涉水
从红尘里
呈现在你的眼前

而你,亦是那样缄默
我才发现
你已跳出我的轮回

也许月老和孟婆本也是情人一对
一个忘了为我红线牵连
一个让你饮汤了却三生

我决定入定
用一万年的时光聚精会神地想你
而一万年以后全忘记

于是，我看释迦牟尼时想你
看摩诃迦罗时想你
看大自在天时想你

我惧怕走火入魔
睁开双眼，万象森罗
青草是你，海风也是你

穿过繁华世间
转身回眸
不过也黄沙漫天

山楂树之恋

青春不堪百度
寂寞经不住流年
拾取一地落花
回味曾经的过往

在山楂树的情结里
静候那些青涩的时光

推杯换盏,诉说着懵懂
情怀里曼妙的回忆
勾起浮想联翩

皎洁的月光
映亮一角夜幕
那里不是天的尽头
却是北的终极

正如我们的脚步
哪怕
没有归宿

一本正经地胡说八道

那是一个子夜
当我生命的时钟声
戛然而止

岁月的长河里
我把墓室画满阳光
把宿命写在棺椁之上

一双含血的双眸
贼贼地从棺材缝中
窥视着我的寂寥人生

我的身体
被世人遗忘
在某个角落

而我的灵魂
仰望苍穹
对月而鸣

遇

驼铃如雨
溅湿了远行的足迹
千里迢递
相遇在风花雪月的流年

荒凉的季节
我们的温度抵御了寒冬
风雨潇潇
告别昨年又一朝

黄沙掩去了痕迹
流水冲淡了足音
回首凝望
那年山寒水冷
你我痴痴初遇

年华在书上写成几行
眼角莫名地泛酸
昏黄的纸张
从此不再因你我而焕光

此时此刻

光阴静止

岁月谱写着故事

我没有奢求,也不再祈祷

把它交给生命的因果

有始无终

完美生活

冥 思

很久了
很久没有安安静静坐下了
很久没有坐下喝杯清茶了

回首窗外
飞逝而过的景象
仿若抓不住的人生

那些日子
都停在了你的书页间
你的眉眼间
你的神色淡然间

此刻忽然下起了小雨
微风拂过
恰到好处

杯中茶叶的浮浮沉沉
如同人生的起起落落
水凉了，便静了

茶叶沉底了

往来的繁琐,萦纡脑海中
看着眼前的杯子
恍恍惚惚也明白了
人生的平静与沉淀

许巍沙哑的歌声
在耳边回荡
慵懒地敲下几字

茶已饮尽,风景却还没看透
再回首,看着窗户外的人
嫣然微笑

完美生活

青 鸟

如果我想振翅高飞
那我不会再回来
还没感受那份悲伤
就了解了苦闷

天空如此美
我该往何处飞
翅膀已经破碎
看不见空白的时间

没有蓬莱
没有王母
也没有青鸟探看

让所有往事
归于沧海
也归于桑田

此时此刻

简与繁

你说的话太复杂
我听不懂话语里的利益
我说的话太简单
你听不懂拥抱里的温暖

乌云淹没了彼此的笑脸
雷声变成了争吵的背景
一声莫名的响亮
在我的挣扎里劈出一道闪电

当我在这雨幕中泪如雨下
只有路人在笑我演技浮夸

赌　局

每个人的人生
都是一个永远赢不了的赌局
输了过后
便不断地借着一个人的资本
去还对另一个人的赌债
等转身以后
才发现自己剩下的
只有那一摞记录曾经的赌据，和
一颗永远不愿看开的心

春

沿着迷茫的边缘
在绽放的花香中
找寻那微弱的记忆
似乎,理还乱的思绪中
找不到你一点点的影踪
但却又依稀记得那个若隐若现的影子
只是,我再也找不到那条我曾经走过的路
苦思冥想,依旧是混沌难开
我哭着走进轮回的隧道
竟然看到了尘世的风景
花开蝶舞

夏

我倚着空中楼阁
吐纳着千年的风
我望见
在心的横切点上
长睡着一朵莲花
那莲是我前世的化身吗
我醉倒在满塘的芳香中
烈日里，我燃烧着生命的烈火
在酷暑里舞尽我的芳华
翩跹过后
坠落凡间
永沉湖底

秋

叶子落了
我再也找不到蝶的身影
一路地追寻
我似乎又回到了那个飘零的时空
我无助地站在枝头
看着叶子一片片地在风中飞舞
心，痛了
走进枯叶铺就的小径
听着它们哭泣的声音
瑟瑟中，我僵硬了我的脚步
我无法去践踏那些失去的生命
悲哀中，我唱起了生命的挽歌
为前世迷茫的我
为今世飘离的落叶

冬

在朝钟暮饱中初雪飘落
我最终还是回到了我生命的起点
没有一丝温暖
冷得让人望而生畏
我踏着皑皑白雪
一路留下的脚印冻结了我的情愫
我无法再为此情此景吟诗
潸然落下的泪
结晶了我的记忆
轮回了四季
我竟没能找到我的墓冢
太在乎感触,因而
才会身处于生灵涂炭之中

此时此刻

崭新世界

崭新世界

月亮醉了,浑身长满黄毛摇着猪槽船飘上头顶
星星醉了,清澈的泸沽湖底躺着玉衡君的尸体
我醉了,鞋还慵懒地在沙滩上睡觉,人却走丢了

一阵山风吹过,那样缠绵,那样透心
一曲歌声传来,那样低沉,那样嘶哑
一缕情意袭入,似乎,山是山,水是水,天还是天,
我已不是我

当酒落入胃中,浸透血液,融于身体
偶然回想四季的流转
我也曾有颗不平凡的心

看到月亮和星星,才发现
其实万物都还很平常
今夜,我不再想你

只是那支失传的情歌
永远诱惑着年轻的我
告诉我
一切不仅仅是传说

脸　谱

锦里古巷是一张
饱经风霜的脸
做脸谱的老师傅
每天看这城市在变脸

他做了布脸谱
比春熙路的春风还柔软
他做了胶脸谱
比官员的讲话还靠谱

可他还是不满意
想让脸谱成为
一首快乐的乐谱

当天深夜
他戴上面具
带上工具
像一个侠客出了关

翌日，一抹阳光
撕开了雾霾的面纱
府南河上漂过了
一具尸体
随波打转
面朝阳光

你和我

你还是我第一次见到的那个你吗?
这些,于你于我都不知道
但是再次遇见你的时候
我就已经不是我自己了

成 长

小时候
偷了蜂蜜,把快乐一并带走
蜇着嫩肉,痒痒作痛
我们哭着都笑了

后来都长大了
碰着酒杯,把酸楚一并咽下
卡着喉咙,隐隐作痛
我们笑着都哭了

虞美人

这里有一种极美的花
缠着荆棘的拥抱
令人窒息

它带着初恋与遗忘到来
它是天使与恶魔的化身
所有像它的人
都会一步一步走向毁灭
它叫虞美人
它也叫罂粟

崭新世界

撒哈拉之夜

清晨的雨水冲刷着我的脸庞
沙漠有尽头,而我一无所有
抓落的不知是雨点还是泪滴

今夜,我在撒哈拉
沙土浇筑着残垣断壁
侵蚀着我单一的心

你的未来是我给不了的风景
我的离开还给你海阔天空
可是今夜,我在撒哈拉

我还是把祝福捎进了风
把风还给了风
成全我所有的不甘心

今夜,我在大漠撒哈拉
这里没有骆驼与安拉
只有悲伤和黄沙

从零开始

我甘愿一切从头开始
马蹄踏在年华古道
踩过初生的青苔
溅起水花

那些打马而过的日子
在折叠枯黄的岁月中起伏
像乌篷船里摇曳的古老歌谣
打湿了池边的青衣石

隔岸依稀的渔火
还在暮鼓晨钟里，任时光流尽
寻一朵花开的时间
将这个季节，写进诗歌的扉页

雨 伞

听着雨的哭泣
是伞一生的宿命
而我从不打伞

雨只夹杂着泪
模糊了眼
伞，却遮住了天

种 花

我计划种点葵花
于是我吃了一把瓜子
喝了一大杯水
然后静静等待着

胡思乱想

我质问着这神秘的现象
为何出生时,我哭众人笑
为何离开时,我笑众人哭

我想我已经小心翼翼,不声不响
握着成长的利剑
杀死了幼稚的自己和
天真的回忆

我拖着自由的尸体
扔进了海里
就葬在一个未亡的夏日
我的脑海里

阑　珊

一袭山城梦，
醉卧烟雨中。
想是要别离，
此生书无题。

一见粽情

端午粽飘香,
家人聚一堂。
唯我独在外,
恨路千里长。

兵马俑

千年守卫只为王,
长生不老又何妨?
兵俑将相今犹在,
不见当年秦始皇。

崭新世界

彼岸花

山城细雨夜已静,
无意多情遍览花。
丰都鬼蜮无一物,
哪见回头便是她。

流　年

一世变迁似云烟，
两卷经书揽无眠。
故地重游只待你，
风吹如玉般容颜。

崭新世界

禅 悟

一汀烟雨杏花寒,
十里渺茫静如澜。
青灯拂衣自洒脱,
枯骨菩提难牵绊。

祭 奠

一杯烈酒泼在地，
敬这一场人间戏。
来生我们若相遇，
再写诗篇千万句。

独 酌

提壶浊酒心逾欢,
清歌香夏我独还。
对酌无影心长醉,
只羡杯中不羡仙。

菩 提

心存慈悲家是寺,
能行善事人即僧。
愿将此身奉尘刹,
是则名为报佛恩。

神　笔

寻龙探穴江湖行，
天下绝无不破陵。
判官神笔手中握，
自此不愿再批命。

完美生活

完美生活

熙熙攘攘的温暖清晨
天,很蓝
草,很青
阳光,刚好

雏菊躲在草丛里偷偷地笑
我们欢歌笑语
在时光里打闹

忽然,起风了
似乎,花落了,草低头了
雾散了,人走了,心寒了
即将分别了

星光璀璨的凛冬晚上
在洒满月光的道路上
星星眨着眼睛,花草静静地生长

偶尔,也传来不知名的声响
我没多少清晰的记忆

恰好每个片段都有你

时光像琥珀，凝结在一起
光阴分不出前后顺序
世界突然安静了，就像一片海洋
路灯，也懒懒地睡着了

时光，老掉了
曾经的你，还有诗和远方
如今的我，只有你和故乡
走在川流不息的时光中，身边是你
我们回家吧，一起养小动物
它们不吃肉，我们也不吃它

当我老了

当我老了,你要陪着我
这时候,我的头发白了
你的皱纹满了

我的眼眸掠过你
含笑的眼,微翘的嘴
阳光下,我描绘着你的肖像
一遍又一遍
你轻轻拭去我嘴角的粥渍
静静看着我,说
下一次,我还会第一眼看见你
而你也要

每一天
我和你,走在天桥上
你牵着我
穿过这熙熙攘攘的人流
慢慢悠悠,岁月静好

晨光熹微时,我们俩,去散步

余晖漫洒时,我们俩,去散步
我说,你老了
你说,你也是
时光中流淌过一股温润
划过掌心

告诉我,我的笑比沾水的海棠更美
告诉你,你的眼比嬉笑的星辰更亮
刹那间,时空凝成冰晶
我老了,不过
幸好还有你陪着我

生 活

玫瑰美艳
谁能保证不会随时间枯萎

苹果绝味
谁能保证不会被季节打碎

生活是个多情的婊子
我只是个痴情的嫖客

愿爱无忧

这么久了
你在我心头幽居,这么久了
四目相对,在那一刻

今夜,我走过你曾经走过的地方
在你走散的地方
撞到了自己,然后闭关

雨水打落在胸口
将信仰镌刻在肌肤
才能入骨至深

愿爱无忧
愿爱无忧
愿爱无忧

未来,没有束缚

花开的季节过了,蜜蜂惆怅了
麦田的岁月流淌了,农夫醉了
芨芨草的白霜化了,孩子笑了

我们都在身不由己的现实中
做着无可奈何的事情
今天,我什么也不会说

让别人去说
让那渡船上的僧侣去说
我只想,想着未来

未来被虚无照耀
像一盏灯,一双幽幽的眼睛
没有牵挂,也没有束缚

过完今天,我便可以打开门
看见一些花在树上打结
还没碰就自动开啦

琴 魔

所有的日子都是琴弦的日子
一个人在雪中弹琴
一个人在雪中知音

你想振动着远方
在雪山上引发山崩
在波浪中刺痛海啸
在泥土里呼唤地震

其实,你可能想抓住的
只是,几片雪莲
几块船锚
和大地里的那口棺材

棋　魂

今夜，一块块孤独的石头坐满天空
夜晚，孤寂的夜晚也不能使我沉睡
仙女横空酿造的甘露，喝下就不会误入歧途

石头闪着光，化作了星星
星星眨着眼，化作了棋子
九霄风云变，沉浮问苍天

群星璀璨繁宇间
时来运转起风幡
一子挥落定江山

书　仙

该忘记的就忘记吧
该留下的就留下吧
你说，你想读一本书

那就读我这本吧
读我这本腐朽的黄页吧
做一个物质忠诚的儿子

这里没有诗和远方的田野
只有度日如年的苟且
和不可抗拒的胡写

甘愿一切从头开始
不再去虚度着年华
和所有以梦为马的诗人一样

写一本书
书是我的名字
名字是我的一生

画　妖

地球有个口袋，装着一幅画
画里有个月亮，画着一个情人
大家都看到了，保密又有何用

你来人间一场，说要看看月亮
可我不是画匠，还打翻了谎话
模糊了这一幅镜子中的画

圣洁的仙鹤啊
请把双翅借我一飞
我不会远走高飞
摘到月亮就回

一只孔雀

重庆的动物园有一只孔雀
我在一旁捂嘴低语
云朵读懂了我的嘴唇
贱兮兮地告诉了孔雀

它睁开双眼
抖了抖凌乱的头发
挣开了羽翼，犹似霓裳羽衣曲

哦，刚刚我在说
这是一只含苞待放的凤凰
还是一只多食发胖的鹦鹉

哦，不管是凤凰还是鹦鹉
尽管生地不同
今天也在此地会晤

秋　思

枯黄的叶子轻轻飘落
把曾经的绿意遗落在阡陌红尘中
完美谢幕

而我在秋的凝重里
顿悟也好，渐悟也罢
都不需要伤感

在下一个轮回里
叶子依旧会绿满枝头
正如我们，不必惆怅，如此极致

只是近黄昏，于是
以一颗素裹的心
轻轻地珍藏生命的章节
我微笑着
聆听岁月拔节的声音

落 叶

叶子飘呀飘
它确实转晕了
然后就在土地里长眠了

我等呀等
我确实等累了
然后就在老树下睡着了

生　存

一个人活过
一个人在雪山上活过
我感觉到了恐惧和无助
我想那山上的雪豹一定饿极了
我想那山脚一定有只金丝牦牛
呵呵，雪豹就喜欢牦牛

三春湖畔

我把三春湖打扫得干干净净
归还给那双沾满沙砾的手
从这一头到那一头
可能这是开始,可能这是结束
但湖边的风景,仍旧是
一树樱花,一树嫩芽

会不会去丽江

我在丽江的雨中跋涉
路边的石头可以一块一块
叠垒起来成新的玛尼堆

我无声地默默为你祈祷
希望自己的爱可以把你环绕
在雪山、河流、酒馆之间寻求

浅浅的大理石
你的容颜,和
我的诗

一个女孩子

那泥沙相会,那狂风奔走
海就在前面,浪花低吼
伴着雨天哭得有情有义

我摘下啤酒瓶底
躺在沙滩
她向我走来

晃晃悠悠地走来
只看得清飞扬的发丝
和沾满海水的双脚

达里湖

上次,不记得多久
也到过这,一个雨后
一个人

众神在草原上种花
这里是失神的一口湖泊
正在枯萎,千年岁月

远方的风比远方还远
马头琴呜咽泪水全无
我只身走到这,捧起一摊肥皂水

它像这贡格尔草原的血液
闪动着,凉凉地
浮在嘴边

祭 品

我悄悄地打开门
从门缝中窥望
那是我最后一次想起的祭祀

你依靠黄昏的天空
躲在昼夜的尽头
一滴鸡血在你的道袍上绽放

半碗朱砂,二两糯米
五钱墨汁,一纸黄符
刽子手躲在哪里

红色的还在闪耀
黑色的已经凋零
你无声地默念着

自此,风调雨顺
可我,只是诗人
不是道士

波罗的海

你喜欢这湖泊吗
你要多少,蜜蜡的
刻着地球岁月的纹饰

你喜欢这琥珀吗
你要多少,够了吗
你怎么离过去很近,离现在好远

太阳从你的内部升起
碰落你面颊的露水
早晨的呼吸有点沉了

你在暮色中,燃烧那一只蜜蜡
像一朵娇艳的郁金香
饮着一杯兰陵美酒

心中的日月

我怀揣着虔诚
向往着不老传说
漫步在恬静小路
看着《消失的地平线》

微风拂过，驼铃阵阵
梵呗悠长，余音袅袅
红花莨菪，白雪皑皑
安之若素，独行踽踽

采一片云朵
披上圣洁的风帷
经幡飘动，众生得益

我渴望自己是一支雪莲
在这世外之境慢慢地瞭望
以清雅的姿态扎根于这圣洁之地
坚持一种向上的信仰

然后安静地绽放

似最虔诚的瞭望者
在时光的涟漪里
泛起高贵的清泉

抿一口青稞酒
看佳人桃花面，浅浅睡去
愿下世将我唤醒
赐我素心如月，笑语霓裳

让我再一次回首
向着那一方圣洁的天空
道一声
扎西德勒

完美生活

附 录

追寻"完美生活"

徐 良

世间事,总是要讲缘分的,比如,本是生在川之东北极的我,却鬼使神差地去了千里之遥的川之西南角。晃眼十年过去,在匆匆离别之际,又认识了本家兄弟徐秋旻,而且,他还是一个诗人。

抛开那些光怪陆离的诗歌事件,诗歌和诗人在我心中都是非常神圣的,这也是我答应为秋旻的诗歌写几句话的原因。应诺容易,行动艰难。生活,正如秋旻尖锐的诗句:"生活是个多情的婊子,我只是个痴情的嫖客。"在诸多世事的万般纠缠下,不知不觉中,时间已经过去了月余。幸好,今夜酒意正浓,被世事扰乱的思绪和疲惫不堪的身躯皆已归位,于是,赶紧动笔,了却牵挂。

老实说,秋旻的出现曾使我数次感到意外。第一次,米易县文联主席李雅斌先生打电话给我,说有一个九零后的学生要找我讨论诗歌。如此时代,如此年纪,竟然如此执着诗歌,实在意外。第二次,秋旻打电话给我,说合适的话就到我办公室小叙。我确实因为工作太忙,事务太杂,怕伤了雅兴,亵渎了诗歌,便又无情地拒绝了。第三次，我正在酒场酣饮，秋旻托我一兄弟相邀，想找个地方把酒言诗。我当然再无理由回绝，于是匆匆结束此酒场，兴匆匆地奔赴彼酒场。

见了秋旻，感觉甚好。作为九零后，他文质彬彬，礼数得当。后来，从他的诗作中看出他胸中有千秋，而其外表却不见波澜，不显山露水，这更让我不敢轻视这个特别的九零后了。静心细想一番，这个出乎意料的秋旻竟让我第一次认真地把礼数、修养、思想等词语同九零后直接联系起来。这当然是我的偏见，如同我一直偏爱徐家姓氏一样。据我所知，徐姓源自大禹的功臣伯益。相传伯益谦让帝位后，大禹便封其子若木在徐国当诸侯，徐姓由此而来。说来也怪，徐家自古就没有出过帝王。周穆王时期，国政无人管理，诸侯多有怨言，徐群偃聪明仁爱，颇得百姓拥护，欲取而代之。可当两军对垒时，徐群偃却因不忍生灵涂炭而放弃了争夺权位。自此以后，徐家贤达之士也多是将相。如此看来，徐姓是缺少霸气而饱含仁心之姓。而秋旻，正好姓徐。玩笑归玩笑，偏见归偏见，诗人自然是要用诗歌说话的。九零后的秋旻，是善于用诗歌说话的人。也可以说，秋旻的诗歌是超越九零后这个年纪的。他的诗歌里，有他对生活的思索，有他对爱情的解读，有他对成长的参悟，有他对未来的憧憬，有他的方向，有他的价值。而且，他的语言和思维，携带着诗歌的魅力，彰显着文学的力量，放射着理性的光芒。

在对诗歌的认识上，我很赞同秋旻的观点："以前读诗/只觉得词美如画/不懂情深/如今自己写诗/只知情深入骨/不懂用词。"秋旻的感受，无疑揭露了当下诗人们的通病。翻开当下众多诗歌报刊，无不是语言精美到极致的一具具死尸，让人无动于衷且心生厌恶，还误以为是我们读者自己出了问题，没有诗歌修养，读不懂现在的诗歌。我向来喜欢民间诗歌，他们朴素的语言，毫不掩饰诗人们想要表达的现实主题，恰恰将诗人们真切感知的生活大白于天下，他们在努力打捞社会的良心。我也很佩服那些一门心思研究文字游戏的诗人们，把诗歌写到出神入化、入魔成仙的境地，却把思想和良知变幻得扑朔迷离。借用巴中作家黄政钢的调侃"贵圈真乱"，近年来的诗歌闹剧真是层出不穷。一些著名诗人一不小心就成了获奖专业户，今天在城市，明天在乡村，处处都在获奖受表彰。如此泛滥的情感，如此伟大的创作，也只有如此时代的诗人才能做到。我老早就想写一篇名为《让诗歌回家》的文字，遗憾诸事扰心，至今未成。诗歌是属于家乡的，而我们现在的诗人们都习惯"四海为家"，每到一处都会留下脍炙人口的优美诗篇，获得一片叫好、点赞和荣誉。当然，诗歌也是有大情怀的。祖国就是我们的家园，良知就是我们的家园。要是我们的诗人们多写一些守护我们大家园的优秀诗歌，而无关乎名利，那该是多么美好的事情啊。

　　诗歌是生活的情书，是心灵的良药，是文明的卫士。很多诗人习惯了"把玩"诗歌，可谓是舍本逐末。秋旻，作为一个九零后的新生代诗人，他的诗歌却脱离了"把玩"诗歌的低级趣味。他的诗歌之中不乏深沉的思想，这实属不易。"我们每天都在死去/却不敢好好地活着/像一具傀儡/被命运把玩得/死去/活来。""在花落之前/我早已把一盏茶喝到无味/尽管经卷里写着三世的轮回/可我，还是无法参透宿命的玄机。"如此精短的诗歌，充满了对人生、社会的思考。或许你会说，这样的诗歌有些空乏，没错，对于一个还未走出校园的九零后诗人，当然没有机会经历更为彻骨的真实，但我们不得不承认，秋旻具备这种思考的能力。我相信，在经历更多后，秋旻的诗歌一定会更接地气，在现实关注中融入他独特的思想，创作出更多精美的诗作。我断断续续地印制着民刊《西部诗歌》，也毫无半点名利因素，只是想把"关注现实的西部，关注心灵的西部，关注文明的西部"的观念延续下去而已。或许诗人可以自私，可诗歌是无私的。每一个写诗的人，都应该有这种责任和义务，关注疾苦，打捞良知，守护文明。

黑格尔把美定义为"美是理念的感性显现"。其实这样定义诗歌，也是很适合的。钱钟书说过："理之在诗，如水中盐，蜜中花，体匿性存，无痕有味，现相无相，立说无说。"所谓诗歌说理，要有理趣而无理语。秋旻应该是把握了这点的。"小时候/偷了蜂蜜/把快乐一并带走/蜇着嫩肉/痒痒作痛/我们哭着都笑了//后来都长大了/碰着酒杯/把酸楚一并咽下/卡着喉咙/隐隐作痛/我们笑着都哭了。"相信这首题为《成长》的短诗，一定能引起很多读者的共鸣。又如诗句"让所有往事归于沧海，也归于桑田"，这已经让我们看出他对诗有别样的恰当处理。

爱情是青春永远的主题，也是诗歌永远的主题。关于爱情，秋旻是热烈的，也是儒雅的，如他的性格一样，有狂野傲视群雄的感性内心，也有温和礼貌的理性外表。这样处理爱情，是很值得当下以自我为中心的自私人群们学习的。如今所谓的青少年爱情，竟然存在不少的荒唐、畸形乃至悲剧，被电视、网络媒体频频曝光，令人切齿。《梦中的婚礼》《好久不见》等篇什，无不体现了秋旻对爱情的眷顾、无奈和尊重。

秋旻的部分诗歌，其语言表达上还显得有些散乱随意。不过，这个不同寻常的九零后诗人拥有足够的睿智和情感，足已掩饰这些被我定义的瑕疵。要不了多少时日，他便会轻松克服。

  我是看书比蜗牛还慢的愚人，不比那些学富五车的专家，是写不来研究文章的江湖散人，自然也不想对秋旻的诗歌劳心费神地进行归纳、梳理和研究，引经据典，铺天盖地，把感性认识牵强附会地弄成理性"真实"。我只凭借一夜酒力，醉眼看花，胡言充数罢了。不过，我还是真诚地希望，秋旻能不忘初心，尊重诗歌，让没有贵贱之分的诗歌，照亮阳光、健康而坚毅的人生道路，寻得属于自己的价值、道德和尊严，寻得自己的完美生活。

2016年5月4日

  （徐良，笔名亲勤，与诗结缘15年，著诗歌三部曲《葬爱》《入尘》《俗定》、若水三部曲《若水诗话》《若水神话》《若水闲话》）

青春里与众不同的"二维四度"

刘清泉

早在大半年前,我就收到了秋旻诗集《完美生活》的电子文档,但在为他写点什么这个问题上却一直有些犹豫,所以时间就一路延宕下来,慢慢捱到了现在。平心而论,这件事我还是经常记挂着的,并通过有限的几次面晤及更有限的几次纸上闲聊,把对他的印象渐渐由直观感觉推进到了理智。事实上,我的这个观察过程,也正是秋旻从一名校园诗歌爱好者成为个性诗人,九零后标签逐渐由浓而淡,精神世界由直接、尖锐、细敏而至隐忍、宽远、旷达的过程。秋旻的"完美生活",在我看来,并非仅仅是浪漫或理想,而是与现实接壤的行动或奋斗。作为浪漫或理想的完美生活,应该是被修饰、被限定的对象,要么指向既有,要么停留在纸上,谓之过往或图景;而作为行动或奋斗的完美生活,则更强调过程,是一种被称之为"使动"的用法,是使之完美的整个人生。

青春期的写作多半起于孤独,这是青春最大的浪漫,最远的理想。秋旻写过"我戒不掉宿醉的瘾/也改不了没你的命/我看透了忽冷忽热/也习惯了渐行渐远"(《孤独岁月》),也说过"青春的岁月/我们身不由己/不知青春底蕴就是孤独/抑或孤独弥漫整个青春"(《孤独》)。从中不难发现,秋旻是有别于同处青春期的普通孩子的，他对孤独的态度不只是悲观消极，而是有着某种刻骨铭心的绝望。也许有人会将秋旻这样的写作归于"为赋新诗强说愁"之列，不拿正眼看他。但我想说的是，哪个人的青春不是由怀疑、恐惧、伤感、叛逆、极端甚至绝望组成的呢？青春中人不说"愁"，更待何时？！真实的写作如果不是从这里开始，那又何处可见真实的一切呢？！不应简单地否决"强愁"，要关注的应是处理"强愁"的手段和技艺的高下。在敏锐的写作者眼里，"愁"、"强愁"都只是一个幌子，"孤独"才是那无往而不利的"里子"。很显然，秋旻在这方面的认识是清醒的，技术是高超的。

　　除了孤独，青春当中另一个不可或缺的元素当属爱。"无尽的黑暗中／你的脸庞是我唯一的光明"（《有时候》）。"而于我，想你／是一件很幸福的事／幸福得有些难过"（《两仪》）。"我喜欢在别人的爱恋里布局文字／这样的篇章爱恨自控／爱到疼处，可以／恨到淋漓"（《无法触摸的新年》）。"你默默地吻了我一下／在不知名的街道上／我傻笑了一整晚"（《如果有你在》）。"黑暗中的眼角总夹杂着泪水／那是因为离我远去的你／留下了我人生中最伤感的回忆／你的城府总是被月光俯照／而我的眼里永远只有伤感的你"（《眼里》）。"我穿过风暴／听过哀歌／喝过烈酒／唯独没爱过你"（《过》）。"如果你非要离开／那我就当你死了／盛夏的天空光芒聚成一束"（《两条路上的人》）……这些带着热烈体温和真挚情感的述说，是秋旻对抗孤独的最有力武器。爱，尤其是青春期的爱，莫不刻痕深深，但在人生的漫漫旅途中，它又时时化为养料，给予生命足够的骄傲、悔悟以及了然。这些爱的篇什，不只关乎男女、情性，也关乎土地、家园甚至陌生。秋旻是一个对诗歌有着宗教般情感的孩子，在他的诗歌里，从始至终都蕴涵着宽宏，蕴涵着超越年华的平淡。这正是秋旻的诗歌区别于青春写作的最显著的特征之一。

旅行和行走是秋旻诗歌里一抹遮不住的亮色。在塔克拉玛干沙漠，他用呐喊"印证着文明留下的残垣断壁"；在加州公路，"我饮着孤独烈酒/听着故事与风"；面对"长安的高烟囱"，"我无心念景，却只凝望烟囱/已将它当作匆人生的道标"；有时他也不免心怀戏谑，"只是一个不小心/往罗布泊偷偷撒了尿/漫天黄沙便滚滚袭来"；在上演"山楂树之恋"的地方，他"静候那些青涩的时光"；在须弥山巅，"我决定入定/用一万年的时光聚精会神的想你/而一万年以后全忘记"；在锦里，他发现做脸谱的老师傅"他做了布脸谱/比春熙路的春风还柔软/他做了胶脸谱/比官员的讲话还靠谱"；在撒哈拉之夜，他感慨"今夜，我在大漠撒哈拉/这里没有骆驼与安拉/只有悲伤和黄沙"；在重庆动物园里，他对着一只孔雀说"哦，不管是凤凰还是鹦鹉/尽管生地不同/今天也同在此地会晤"；在他日常生活的三春湖畔，他告诉我们一个特别简单的事实，"我把三春湖打扫得干干净净/归还给那双沾满砂砾的手/从这一头到那一头/可能这是开始，可能这是结束/但湖边的风景，仍旧是/一树樱花，一树嫩芽"；在达里湖，他呢喃"远方的风比远方还远/马头琴呜咽泪水全无/我只身走到这，捧起一滩肥皂水"；在波罗的海，他看到"你在暮色中，燃烧那一只蜜蜡/像一朵娇艳的郁金香/饮着一杯兰陵美酒"……行万里路，其实不是为了写一万首或者更多首诗，而是把生活当作一首未完的诗去体验，去取舍，去回味。秋旻去过很多地方，我感觉他是在用自己的眼睛告诉我们生活就是这样真实，同时又用自己的心抚慰我们：真实中的美，才是完美。为什么有人说青春期写作是格式化作业？为什么"强愁"会成为文艺青年的一张"臭脸"？说到底还是与经验有关。经历越多，我们对世界的认识越全面，更重要的是对自己把握得更精准。但很显然，并非经历越多经验就越丰富，经验也并非仅仅来自于事必躬亲。与此同时，我更反对把经验和成熟的关系拿到文学创作，尤其是诗歌写作的范畴里来类比，因为诗歌所要展示的正是棱角而非圆滑。秋旻的诗歌，无疑是有棱角的——这是个人风格形成的前奏。

秋旻的诗歌还有一个不太引人瞩目的特质：冥思。正因为冥思，他的诗少冲动，有思辨；少滥情，有节制；少散乱，有理趣。"在花落之前/我早已把一盏茶喝到无味/尽管经卷里写着三世的轮回/可我，还是无法参透宿命的玄机"（《参禅》）。"喝到无味"其实正是一种"玄机"。秋旻参悟的恰在语言带起的丝丝风声里。在一首题为《生与死》的小诗里，秋旻写道："你要生，我陪你地久天长/你要死，我陪你万劫不复/因为理所当然/所以心甘情愿。"斩钉截铁的誓言不仅通往汹涌澎湃的内心，同时也指向冷静通达的头脑。或许，这就是秋旻作为一个理科男给予我们的特别馈赠。写作要到达一定的境界，起决定作用的往往不是情绪、经验、技术，而是气质和思想。思考的过程是痛苦甚至枯燥的，但秋旻知道把思考的结果机智而又有趣地传递给读者。"我计划种点葵花/于是我吃了一把瓜子/喝了一大杯水/然后静静等待着"（《种花》）。"雨只夹杂着泪/模糊了眼/伞，却遮住了天"（《雨伞》）。内中的大智若愚、大道至简，确实余韵悠长，值得反复回想。我还注意到，在"崭新世界"一辑里，秋旻还集纳了十首七言古体诗，我的总体感觉是合格律、有韵致，应该是他的得意之作，所以不舍。新诗写作自古体诗中寻觅别趣，固然是值得肯定的尝试，更何况遣词造句、锤炼言语本就是写作的基本功。但特别需要注意的是，不要被这种高级的格式所束缚，如因此而影响到"趣"的表达和"理"的突围，那就得不偿失了。

　　细读《完美生活》，秋旻在端出累累果实的同时，也为我们道出了他的愿景，画出了他的图景。沿着他一路走来的轨迹，我很欣喜地看到他用自己的文字构建起了独特的"二维空间"。更有意思的是，在构成这个二维空间的元素中，孤独、爱、行走、冥思各有一度，共同熔铸了秋旻诗歌的丰富内蕴和更多生长性。秋旻的这部诗集，一共分为"孤独岁月"、"时光漫步"、"此时此刻"、"崭新世界"、"完美生活"五辑。不管是从个人喜好还是文本呈现来看，我都更喜欢"完美生活"一辑所传达的轻松、简单、空灵、沉静。透过《落叶》，我能感觉到"物我两忘"；经由《生存》，我从一声"呵呵"里掂量到了"举重若轻"；伫立在《三春湖畔》，那一抹"嫩芽"破土的希望又时常让人惊喜……

　　或许，所有这些，恰好正是我们一直追寻并仍将追寻下去的"完美生活"吧！

2016年8月8日于大学城

　　（刘清泉，诗人，生于四川省绵阳市安州区，现居重庆，供职于重庆师范大学教育科学学院。出版诗集《永远在隔壁》《倒退》《101个可能》，发表诗歌600多首，评论、随笔若干）

诗的自由和自由的诗

周鹏程

徐秋旻是我的诗弟,我们相识于两年前内蒙古的一个笔会。他是重师大三的学生。最近,徐秋旻要出一本叫作《完美生活》的个人诗集,托我写一篇评论。像这样的进步大学生、九零后诗人,我历来是毫不犹豫地无条件给予支持和鼓励!

写什么呢?时下的诗坛闹闹哄哄,怪事也层出不穷。百年新诗,百花齐放,五花八门,不过冷静下来一想也不足为怪。作为一个一直学习写诗的人,我想借此说说我对新诗的些许看法。

1

胡适的《两只蝴蝶》是中国第一首白话诗,发表在1917年2月的《新青年》杂志。作者采用白描的表现手法,描写了一对黄蝴蝶对自身遭遇的无奈和迷茫,以物喻人。从此,一个不同于汉赋、不同于唐诗、不同于宋词、不同于元曲、不同于明清小说的文体出现了。

这就是中国新诗!

新诗是五四运动的一个重要文化产物。随之涌现出大批杰出的诗人和读者难以忘怀的诗篇:刘半农的《教我如何不想她》、康白情的《窗外》、刘大白的《秋晚的江上》、郭沫若的《女神》、徐志摩的《再别康桥》、朱湘的《葬我》、闻一多的《死水》、戴望舒的《雨巷》、何其芳的《预言》、卞之琳的《断章》、李广田的《乡愁》、李金发的《弃妇》、冯至的《蛇》、穆旦的《风暴》、冰心的《繁星》、艾菁的《芦笛》、臧克家的《烙印》、田间的《给战斗者》、北岛的《收获》、舒婷的《致橡树》、蒲风的《六月流火》、纪弦的《雕刻家》、郑愁予的《错误》、覃子豪的《金色面具》、周梦蝶的《还魂草》、余光中的《等你，在雨中》、洛夫的《因为风的缘故》、痖弦的《如歌的行板》、席慕蓉的《一棵开花的树》……诗海星空，繁星闪烁，原谅我无法一一说出！

　　轻轻翻开中国新诗的发展史，我们不难发现白话诗在否定旧诗、探索新诗，致力于诗的自由化、白话化。以郭沫若为代表的初期浪漫主义诗人用磅礴的气势、创造的精神、心灵的激情和罗曼谛克的宣泄开了一代诗风。1921年，朱自清等在上海成立了现代文坛上第一个新诗社团——中国新诗社，并于次年1月创办了第一个新诗专刊《诗》。他们以"为人生"为诗歌的核心价值观念，因此常被称为人生派或为人生派。此后新诗出现了各种流派："湖畔"诗派、新格律诗派、象征主义诗派、现代诗派、中国诗歌会诗派、朦胧派等。

　　新诗的艺术表现手法并不单一，如后现代主义诗、写实诗、超现实诗、象征诗、生态诗、政治诗、台语诗、客语诗、原住民诗、录像诗、都市诗、新文言诗、返乡诗、视觉诗、科幻诗、图象诗、漫画诗、山水诗、抒情诗、禅诗、网络诗等，百家争鸣，百花齐放。

　　由此，我们可以看出中国新诗从诞生的那天起就呼唤着自由！只有诗自由了，我们才能感受诗歌的力量；读者才可以获取自由的养分！我们重温顾城的《一代人》："黑夜给了我黑色的眼睛，我却用它寻找光明。"全诗只有两句，且诗中都是日常生活中极为常见的现象：黑夜、眼睛、光明。正因如此，使这首诗歌具有深沉的魅力。短短两句诗，概括出了一代人的心理，表达出对黑暗政治的否定、对光明的向往与追求。这首诗有力地证明了诗是精粹的艺术。它的思想内容的高度凝炼和艺术表现上的高度提纯，使它具有小说、散文等文体所不能有的力度和容量。

这就是中国新诗！

2

徐秋旻的这本诗集叫《完美生活》。什么叫生活？什么又叫完美生活？一个九零后的大学生在诗中深深感受到生活的重量，这让我惊奇！这让我想起了娜夜的一首诗《生活》："我珍爱过你/像小时候珍爱一颗黑糖球/舔一口/马上用糖纸包上/再舔一口/舔的越来越慢/包的越来越快/现在，只剩下我和糖纸了/我必须忍住：忧伤。"

娜夜将生活比喻为一颗黑糖球，将人生比喻为舔的过程。然而，一颗糖毕竟太小也太少，一旦等到只剩下"我和糖纸"，生活里的酸苦辣咸就必须要承受，即使忧伤也必须忍住！这是一个鲁迅文学奖获得者的著名诗人人到中年对人生的感悟。

列宁有一首诗也叫《生活》："不要用泪水洗刷内心的忧伤/也不要无谓的追求无源的泉流/假如你错看了生活/痛苦是你唯一的报酬/痛苦将是你唯一的报酬/不要在前进的道路上徘徊/也不要对往事缕缕回首/生活将磨练意志/创伤会锻炼带血的皮肉/张开思想的风帆/离开狭小的港湾/驶向蔚蓝的大海/去拥抱那高潮澎湃的五洲、我对痛苦的看法是——/自作自受/我对未来的看回答是——/生活与战斗！……"这首诗高亢激昂，富有哲理，可以帮助青春飞扬的大学生抛去烦恼，忘却痛苦，拥抱生活。

　　而这位九零后诗人是怎样看待生活的呢？他的诗《孤独岁月》是这样写的："当我已深深爱过/当我能轻轻放下//走过高山流水/沉浸瑰丽之江/行囊也只剩下/空空的酒杯/皮囊也只剩下/蒙胧的醉眼//我戒不掉宿醉的瘾/也改不了没你的命/我看透了忽冷忽热/也习惯了渐行渐远。"年轻的诗人却能淡定地面对苍白的岁月，把一切过往浓缩成几行诗句，拂袖前行，这需要勇气，需要诗人的意气风发。

　　徐秋旻的诗除了感悟生活，书写青春外，还涉及禅文化。其实，他自己就是一个佛家的俗家弟子，这可以从《博隅白玛》中读到："你是幽隐的莲花/我是沉默的苍穹//逐风而来/任你流连/伴我皈依//我穿山越岭/孤独的路没有尽头//向着远方拔足/那是梦中的净土/那是心中的圣地//每一次噙泪的朝拜中/你冰冷的眼神/都成了我心中那一段最沉痛的经文。"

　　徐秋旻的很多诗歌不仅体现了九零后一代人开阔的视野和朝气蓬勃的青春年华，而且言词中处处在向世人证明九零后不是温室里的弱苗，他们不是不识人间烟火，他们同样在心中记住了乡愁，记住了《故乡》："台灯的铜柱昏黄，还闪烁着暗光/围着老旧圆桌的，是熟悉的模样/这样一群大学子，依靠在沙发上//幽暗的酒吧，伴着大麦糖浆/深情的歌喉，唱出一滴忧伤/静美的重师，是我的乌托邦//当学生什么都懂时/时光确实流逝远去/而自己的青春/也已难觅踪迹//在机场，在车站/在满街的人流中/我常常在想/是谁，和我一样/为了求学梦，来到这里/又是谁，和我一样/行程所迫，即将各奔远方//在异乡细雨的秋夜里/当一曲《送别》/由那键盘倾泻而出时/迷迷恍惚中/我们似乎已经面临/别离远去的星光……"

　　这些诗，是作者思想的自由流放。

3

　　有诗歌评论家说,诗歌到底是自由的。

　　诗歌一直在争取自由,要不然我们现在都还生活在唐诗宋词里,哪有"面朝大海春暖花开"?哪有《大堰河我的保姆》?哪有"与其在悬崖上展览千年,不如在爱人的肩头痛哭一晚"?哪有"我想和你虚度时光"?哪有柠檬黄了?

　　最近,个别自媒体在指责重庆的"了体"诗,用词颇毒辣,尖酸刻薄,甚至一些好事者要把它上升到"重庆没有文化"的高度。将这样的高帽子扣给重庆,只因为一种诗歌风格的出现,岂不荒唐至极!诗歌又怎样自由?!

　　中国是诗歌的国度,诗歌是劳动人民从生活中创造出来的。我国第一本诗歌总集《诗经》里面无数脍炙人口的诗句千古流传。到了唐代,中国古体诗达到顶峰。优秀的古诗高度集中、概括地反映生活,展现了诗人饱满的思想感情、丰富的想象,让诗魂永存。它们是中国文化的瑰宝。

　　现代诗形式自由,内容丰富,意象鲜明,有高度的概括性、鲜明的形象性、浓烈的抒情性,形式上分行排列。在众多诗人中,重庆诗人吴丹,网名了人,几十年坚持写诗,自成一体。他的诗即不同于讲究平仄、对仗、韵律的古体诗,也不完全同于打油诗。从某种意义上说,这是诗歌的另一种风格。他的诗来源于生活,紧贴大地,哲思深邃,意美、语美、音美、形美。民间把他的诗称为了体诗。了体诗同样借助客观物象,如山川花鸟等,表达自己的主观情感,通过这些物象,作者创造出美丽的生活图景。这就是了体诗的"意境",耐人寻味、虚实相生。

　　诗歌其实并不一定需要多么华丽的词语。"床前明月光,疑是地上霜。举头望明月,低头思故乡。"看,多简单的诗句，照样千古流传！"鹅，鹅，鹅，曲项向天歌，白毛浮绿水，红掌拨清波。"没有半点修饰，却进入今天的语文教材！

著名诗人、鲁迅文学奖获得者傅天琳认为，诗歌只有活的和死的之分，只有真的和假的之分，诗就是要写生活，表达情感，有血、有肉、有体温。不少现代诗矫揉造作、装模作样，一定要把人人都懂的东西写成人人都看不懂，像玻璃与化纤等人工材料的结合，全都是冷冰冰的。一些现代人写的旧体诗，表面上看起来确实很美，可你总觉得似曾相识，是从某些唐诗宋词里拼出来的，感觉不到它的温度。这些旧体诗也许是正确的，但却是无趣的。正确而无趣的诗歌，读者是不会真正喜欢的。

在徐秋旻的这本集子里也有类似旧体诗的诗歌，这里略举几例。《阑珊》："一袭山城梦，醉卧烟雨中，想是要别离，此生书无题。"《兵马俑》："千年守卫只为王，长生不老又何妨。兵俑将相今犹在，不见当年秦始皇。"《菩提》："心存慈悲家是寺，能行善事人即僧。愿将此身奉尘刹，是则名为报佛恩。"

这些简单明了、短小精干的白话古体诗，不苛求、拘泥于古典诗词严谨的平仄对仗，却又押韵，读起来朗朗上口，有节奏感和韵律美。内容上多取材于日常生活，接地气，有嚼头，深入浅出，幽默风趣，雅俗共赏，积极健康，满含机趣与正能量。这样的诗又何尝不能写呢？又何尝不能进入读者的视界的？

一个评论者，不能只说恭维的话，否则是对作者的不负责任，尤其对一个大学生诗人更不能只说好话不给点拨。徐秋旻的诗有青年的老沉，有智者的探思，有爱情的赞扬，有理想主义者的奋斗精神，很多诗短小、富有哲理，但是，挖掘还需要深刻，诗歌不是生活的照搬，文字是最好的过滤器。作为一个热爱并坚持诗歌写作的大学生，徐秋旻还有很大的上升空间，祝福这位年轻的诗人！

最后，我想说的是，诗的自由需要诗人大胆开拓，自由的诗需要世人尝试和包容！

2016年7月25日 于渝

（周鹏程，当代作家、诗人。其诗歌被收入多种选本。出版个人诗集3部，主编多部文学选本。现任《重庆政协报》文学副刊主编、《九龙作家》执行主编。系中国散文诗作家协会秘书长，重庆市作家协会会员）

后 记

荒诞与完美

有人说，电影的情节很荒谬，其实，生活比电影更荒谬。从我生下来那一刻，就注定了此生与诗歌结缘，因为父亲给予我的名字，便是取自李白的一句诗"文质相炳焕，众星罗秋旻"。

对于现在的我来说，我只是这一本书的一部分；而于这本书来讲，它却写完了我的一生。更确切地说，这应该是我准备出的书目里的第三本，然而正是某些机缘巧合，它成了我的第一本个人专著。

道家有云，九九归一。本书不多不少，恰好取一百首诗，也算是应了我的主题——完美生活。之所以用这个名字，因为这同时也是许巍的一首歌名，如果大家留意，其实本书的章节名也都取自他的歌。

我对许巍算不上脑残粉，但我必须真心地感谢他。我最惨最落魄的时候，是许巍的歌带我走出困境。喜欢许巍，因为他的歌词旋律可以戳中心中最疼的那个地方，让我哭泣，随后激励我。而恰好在人生的每个阶段，许巍都有一首歌让我感动。我曾经很激烈很愤怒，但现在开始了解和感受并逐渐接受一些东西。许巍的音乐没有愤怒，没有深度，但还有情怀与诗意。而我也愿意把一首诗从孤独、黑暗、忧伤、绝望写到快乐、阳光、灿烂、希望。

在接触诗歌之前，我一直在找寻生命的意义，寻找属于我的真实的完美生活，然而盲目的疯狂并没有为我提供答案，却让我陷入越疯狂越困惑的怪圈。于是我转而寻求佛法的帮助，在孤独的山巅领悟禅宗，使我的心灵得到了暂时的阶段性的宁静，虽然并没有达到永恒，但我也算领悟到对生命的关怀终究还是要投入生活之中。

我是个不会拐弯抹角的人，所以我的诗歌也很直白，而那些大家觉得比较空乏的语言，都只是我内心独白的一段记录。我只是陈述，而不是传达，是闲谈，而非写作。一如过去那些流浪的人，我在创作上的努力都消耗在努力冒充创作上。这就像烹调一样，做出来的东西当天就被吃掉了，剩下来的只是一股淡淡的香味。而且我重视自然，流露出这种差不多毁掉惠特曼大部分诗作的风气，使严肃的创作难于有成。

我的写作文体既艰涩又不清楚——是一种个人的、散漫的、愤世嫉俗而感伤的文体。这是我的创作缺陷，同时也是针对自发性写作而言的。首先，自发性写作本身就是一种二元对立的写作方法，并不是任何人都可以效仿的。其初衷是顺其自然，离不开意识的参与，可同时又是无意识的，意在冲破传统文学的语言规范，但并不完全脱离。在我看来，我的自发性写作可能符合美国超验主义作家，尤其是爱默生的主张："语言直接依赖自然的这种属性以及它把外部现象转化为人类生活中某一部分的能力，永远也不会失去它感染我们的力量……那种诗情画意的原始语言同时又有力地证明，它的使用者是一个与上帝相通的人。"而我也认为我与神之间有种无需言语的沟通。

在得到了诗歌这种表达内心的方式后，我不再颓废，而当我有了钱、工作，我却感到更加孤独，比我从前凌晨三点在广场漫步或者身无分文深夜在高速公路上拦顺风车的日子还要孤独。这是件怪事。我从来不是一个"反叛者"，我只是一个快乐的、害羞的、笨拙的、真心诚意的傻瓜，并且我还会一直是。或许我已被很多人知晓，或许甚至是一个波普文化的偶像。真正的我从来没有被人接受过。我只是扮演着一个角色，真实的我，一直是一个不合群的内向而孤僻的青年。

我不需要让此书传遍世界，只是希望每位看过本书的朋友，或多或少有些感触，能把爱传遍世界，在心里永存善念和远方，不忘初心，方得始终，这是我的完美生活，也是你的完美生活。

天下没有不散的宴席，每有一个开始，便有一个结局。我想，本书到此处也可以完美谢幕。谨将此书献给我所有的亲人和朋友，感谢你们的一路陪伴，才让本书得以诞生。

感谢我的父母从未反对我对文学的爱好，并且全力的支持！

感谢中国散文诗作协执行主席夏寒老师在百忙之中为本书慷慨作序！

感谢我的本家兄弟徐良对我的关心，酒逢知己千杯少，我二人相见恨晚！

感谢我文学道路的第一位指引者、风一样的男人——莫争大哥为我题词！

感谢幽默风趣的周鹏程老师为我写下诗评，并且为我联系胡容老师，此书才得以出版！

感谢我在大学里偶遇的诗友刘清泉老师不辞辛劳地为我写下诗评！

感谢胡容老师为本书的出版、制作尽心尽力！

东方茉行
2016年5月25日于重庆大学城